於法蘭西盧瓦河大樹前
時莊子顯靈記近完稿矣

於法蘭西盧瓦河古堡前
時正著莊子顯靈記

老子演教

周耶蝶耶

惠子有詰

范曾 著

莊子顯靈記

辛巳[illegible]范曾

范曾書畫

綫裝書局 出版
廣陵書社 編輯製作

圖書在版編目(CIP)數據

莊子顯靈記 /范曾著. – 北京:綫裝書局,2002.1
ISBN 7 – 80106 – 164 – 0

Ⅰ.莊… Ⅱ.范… Ⅲ.①詩詞 – 作品集 – 中國 – 當代 ②賦 – 作品集 – 中國 – 當代 Ⅳ.I227

中國版本圖書館CIP數據核字(2001)第096634號

莊子顯靈記
范曾 著

出版者:綫裝書局(北京市朝陽區春秀路太平莊十號)
責任編輯:劉永明 任夢强
特約編輯:王成彬 孫建
編輯制作:廣陵書社(揚州市鳳凰橋街二十四號—六)
發行經銷:
經銷電話:〇五一四—七三四三四二七
郵政編碼:二二五〇〇二
印刷:揚州廣陵古籍刻印社
印裝監督:陸文彬
定價:肆佰伍拾元

二〇〇二年元月第一版第一次印刷
ISBN 7 – 80106 – 164 – 0/I·15

ISBN 7-80106-164-0
9787801061645

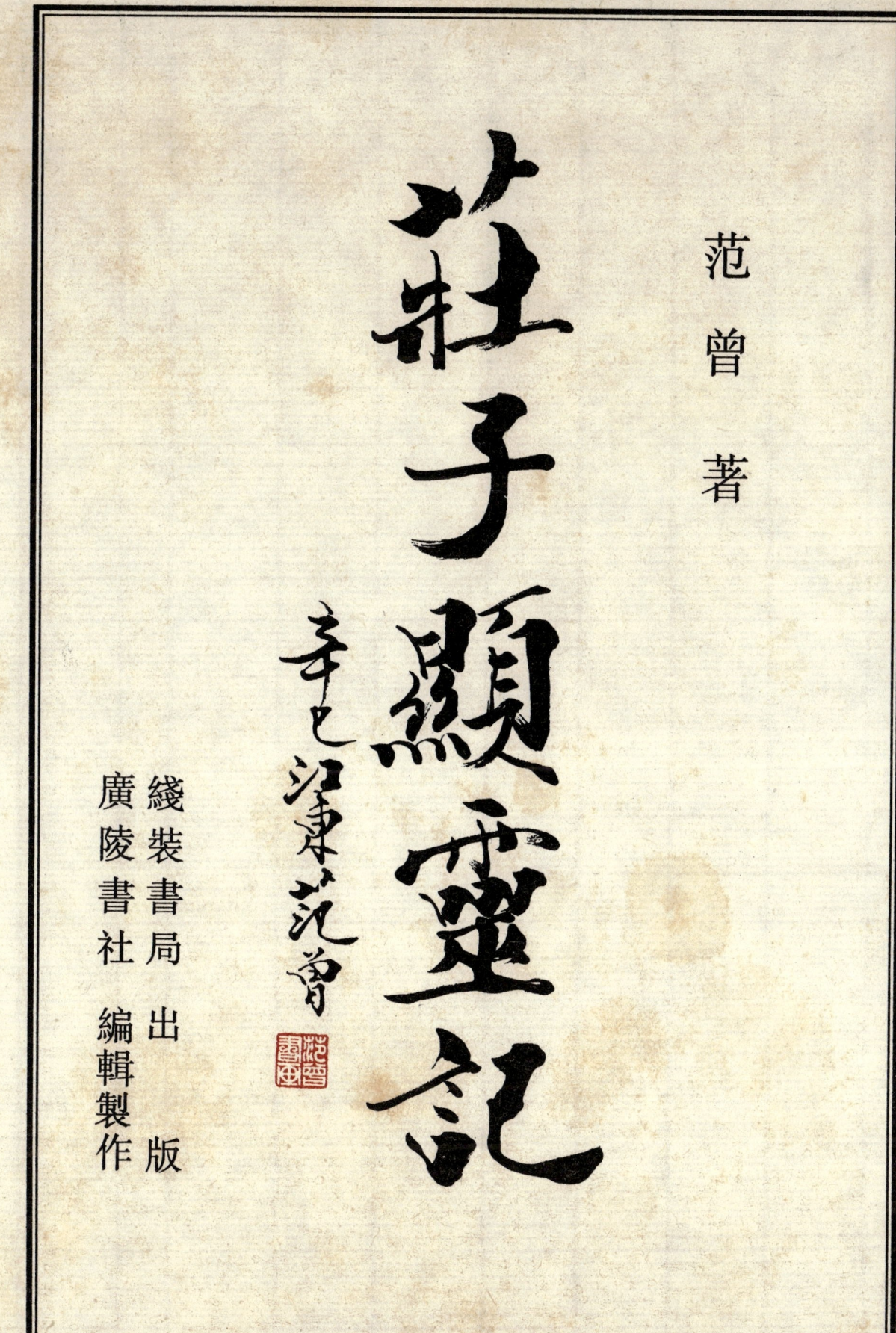

目録

序詩　莊子賦九弄

一、（正宫　端正好）

問諸天，竟何如？
訪莊周，蒙澤煙浮。
鯤鵬摶擊到天衢，
寫出了曠世的逍遥賦。

二、（滚繡球）

憶當年，大道不行社稷蕪，
天子宛若繫囹圄。
看謀士，朝秦暮楚；
甚人格，閑擲荒塗。

笑蘇秦，六國符；
恥張儀，楚庭趨。
巧惠施，癡迷鼠腐；
睿韓非，憒忘身孤。
真個是，梟雄爭霸皆狼虎；
卻怎生，黎庶圖存乏禾芻。
對頹垣，古樹昏烏。

三、（脱布衫）

最可笑，彈鋏求魚；
最可鄙，舐痔得車。
無端崖似莊周雄談遠舉；
真恣縱視穹蒼卮言自樹。

說什麼，蟲雕龍屠。

四、（小梁州）

東周季，儒法名墨衆家翥，
飄皓髯老子拂塵，
還有位神人羽化往姑射途，
麾天下，惠子據蒼梧。

五、（幺篇）

正此中，莊子雙手拊，
白眼俯世上頑魯。
笑遍了大哲人，看破了仁義書，
只悦欣老聃一席言，視作甘荼。

六、（上小樓）

道德經，鈎細稽鉅，
窮宇宙，欲啓聾瞽。
這其中，唯妙唯徼，
恍兮惚兮，似有似無。
立中樞，灌醍醐，莊生長舞，
勸聖人六合外，何庸置語？

七、（幺篇）

普天下，心爲形戮，身纏沈痼。
莊子且欲自守愚，
鼓腹含哺，赫胥共爐。
花之嵎，獸之嶇，庶幾淨土。
看萬類共生息驅寒鬥暑。

八、（耍孩兒）

你也曾垂釣秋水浦，
楚使邀，何曾顧？
巾笥錦繡神龜枯，
卻寧願曳尾泥污。
聖人不作隨大化，
莊子無爲卧敝廬，擊瓦甕，璣珠吐。
最傲岸養生棄世，
卻真個野草鴝鸜。

九、（煞）

真智慧：物與我，空所依；
忘是非，孰極隅？

漫遊化外清靄御。
影邊罔兩空唏噓，
夢裏莊周正蘧蘧，
蝶栩神仙侶。
端的秋毫隱末，
卻能小泰嶽方壺。
忽坐忘：女偊修，攖寧駐；
遺死生，無今古。
離形去智誰縛汝？
聞道它真人入寢斯無夢，
又道它大智其覺不見誣，
解卻倒懸苦。

莫漫説遊心乘物，
終徹悟，澹泊跏趺。
憤詬詈：貶孔丘，斥史鰌，
天下亂，罪至巨。
叔山無趾非凡徒，
君不見天無不覆飄祥雪，
又不見地莫私載及野蒲。
盜跖飄風怒，
怎容得侯王竊國，
卻枉使竊鉤言誅。
疾巧藝：訓離朱，五色涸；
斥師曠，五音誤。
便驕奢淫逸充堂宇。
元君邀畫真人至，
曾子知音似振璞。
大美皆天馭。
最可贊庖丁解牛，梓慶爲鐻。
先太極，道既存，何物殊？
辟鴻濛，萬化覰，
黃泉碧落誰曾鑄？
但惟有清虛寧寂乘風去。
千仞雀，切莫輕彈以隋珠。
忘卻人間譽，
仙鄉寥廓無何有，

芸

這才是識本知母。

環球皆昏夢，
夜雲天未曙。
蕓蕓衆生罹網罟，
我正待萬里風帆回古渡。

第一章 太空

也許您不知道什麽是太空。
您説那是月亮和星辰的所在，
是霞飛霧走的天穹。
那兒寒冷，是永恒的隆冬；
那兒明淨，像無痕的清夢。
啊，您的話語幼稚得一似蒙童，
您的思維宛若迂闊的冬烘。
啊，您幾乎因爲狹隘雙目失明，
因爲固執雙耳失聰。
而您還自以爲窮玄探微，
站在了智慧的頂峰；
還自竊喜取精用宏，
等待着癡愚的贊頌。
其實您果真不知道什麽是太空，
我們剛剛越過的無量光的穹宇，
剛剛穿透的無窮暗的黑洞。
那兒寂静得没有一絲微風，
暢達得何嘗有過些許塞壅。
啊啊，難道無量光就是一無所有？
難道無窮暗就是一個窟窿？
當我們越過和穿透時，
超越了驚懼和惶恐。

人間的一切感覺無法描述這無窮極的
沖融，
也許它的名字叫朦朧，
也許我們的感覺叫懵懂。
總之，一切的一，在其中；
一的一切，在其中。
那兒無界也無封，
我們覺得自己渺如塵沙，
又覺得這塵沙萬物能容。
於是我們想像着造物的天公，
想像着太始時的天公。
啊，他就叫太始，

他稚頑而睿智，
正携着莊子的手，
飛馳得如此迅猛而又從容。
他像無邪的孩提，
引導着莊子在諸天升騰俯衝。
啊，没有高低上下，
衝即是騰，騰即是衝。
莊子，您衣衫簡樸，上襟微敞，
您的頭髮漸漸稀疏，飄上零星的秋霜。
澹泊的生涯，使您的行止宛若流雲，
在寧靜的一潭碧水中有雲影蕩漾。
您驚訝，三天前您在一陣暈眩中迷不知

所向，
三天後您回到蒙澤之畔，
蒙澤早已枯涸，
大地已變得匪夷所想。
太始，您髮髻上迎風有絲帶飄揚，
那是人間總角之年的模樣。
您看着莊子的疑惑，
知道他內心的彷徨。
太始：
啊，莊子您三天之前在此處鶴歸，
您生前希望作最簡單的蒿葬；
您不希望聽到人們的哭泣，

只希望人們爲您的遠行奉上歌唱。
然而，您再回此地，
人間已越過二千三百年的時光，
您的骸骨已化爲塵土，
在天地間浮蕩。
而您當年的闊論雄談，
卻不曾被人們遺忘。
它的深旨大義，隨着歲月的流逝，
散放着它不泯的光亮。
這些語言貌似不遜，
但卻不是無由的張狂。
它四射的光焰，

照透了人間的荒唐。

莊子：

啊，太始，您到底是誰？
您目如星月，聲似鼓簧；
您忽焉而下，忽焉而上，
宇宙宛似你自家的軒堂。
啊，我又是誰？
我記得三天前我閉目時，
看到您從天邊撒下的麾氅；
您帶我穿越無邊的黑障，
像一堵牆，卻飛馳愜暢，
然後我又看到一片無盡的光芒。

太始：

哈，莊子，您不是曾說：
『六合之外，聖人存而不論』，
您怎麼會咄咄追問，
失去當初的曠放？
難道您希望自己像餖飣小儒，
把思維納入狹小的籮筐？
其實您當初有着輝煌的遐想，
那已回答了您方才的惆悵。
您不是講有真人在無端之紀深
藏？
您不是說那兒空無一物是無何有

之鄉？
您以爲離開人世方始三天，
其實您在黑障和光芒中，
不覺千年的流淌。
看哪，前而已是宋國的邊疆，
正有一群人談論着您鼓盆而歌的
孟浪，
他們在把玩着那瓦盆，考證鑒賞。

莊子：
太始，您看他們髮式反常，
有一個還染得金黃，
然而看她的鼻子顯然不像戎羌。
呵，您聽他們談得熱烈而激昂，
但他們的話語我似懂非懂，
不免使我霧中一般迷惘。
說什麽？拍賣市場……

太始：
莊子，這人間已幾度滄桑，
他們的議論會使您悲涼。
寡廉鮮恥，暗偷明搶，
已不是那《詩經》上抱布貿絲的蚩
氓。
他們講您當年的瓦盆，
要送上拍賣會闖蕩。

算了，讓我再一次拂下麈氅，
我願常聽你鼓盆而歌，其聲朗朗。
考證瓦盆的人群，覺得狂飈起自遠方，
他們的歡快化作了哀喪，
他們說這是飛碟UFO來自上蒼。

太始：
莊子，他們說我們是天外人，寬額狹額，
兩眼之間竪着一個眼宛似天窗。
其實，我何嘗如此愚蠢，
給人類帶來莫名的恐慌。
觀音菩薩還有三十六種幻相，
佛講得對，法界的一切都虛假不實，恒變無常。
呵，我們還是走向歸程，
有幾個值得一敘，
讓你們一起放歌引吭。

第二章 智者

太始：

莊子，您是一位不朽的先知，
您欣賞我們乘坐的麾氅，
其實和您《逍遥遊》中的鯤鵬一樣
飛馳。
人間還有一位淵博的賢哲，
愛因斯坦有着邈邈的神思。
只是，您憑着天才的悟性，
他卻用方程替代言詞。
他說：$E = mc^2$（能等於質量乘光速
的平方），
憑着它，樹起了相對論的大旗。
憑着它，人們有了超光速的幻想，
想像着在太空有這樣的坐騎。
您可以追捕往昔的光影，
重睹您的笑貌風儀。
我的麾氅賽過了鯤鵬之翅，
也不是羲和馭日的繩系。
看哪，前面正是愛因斯坦，
他伸長着舌頭頗呈嬉皮。
他是在驚嘆宇宙的神奇，
還是在謿笑人類的愚癡？

讓我們前去搭訕，
據說他對小人狂傲不羈，
而對上蒼則心存敬悸。

太始：
您是二十世紀人類智慧的豐碑，
愛因斯坦，您寫下了一首宇宙之詩。
我知道您現在愁眉不展，事與願違，
因爲您的統一場論遭到閑置。
您應擴大胸襟，排除怨恚。
您有句名言：『上帝是難以捉摸的，
但他決無惡意。』
對於上帝，您的常識不能與我相比，
我精通希伯來文、希臘文、拉丁文、英文，
我去蕪存菁，辨幾識微。
您對上帝的虔敬和畏懼，
證明您生生不息的睿智，長盛不衰。
您的統一場論也許在杳遠的未來，
變成莊子書中一足獨立的神夔，

卻有着馳騁天宇、所向無空闊的繮
轡。
愛因斯坦：
啊，莫看您稚聲童顏，
您的高論卻使我自覺粗卑。
以您這樣的孩提，
怎做到無所不窺？
太始：
您曾說：『自己對於大自然的靈
慧，
連最微末的部分，
也僅是謙卑地尾追。』

至於我的名字，叫作太——始——
我就是我，我就是你，我就是他。
我是静止，我也是位移，
我是高山，我也是岸陂，
我是黃昏，我也是晨曦，
我是熊貔，我也是蟲豸。
我是春秋的代序，也是草木的扶
蘇；
我是一粒塵沙，也是一滴朝露；
我没有特別的悲傷，也没有鄙俗的
歡愉。
莊子曾代我傾抒肺腑，

留下汪洋恣肆的名著，
就是他在二千三百年前提出了命
題：未始
——這哲理的法雨。
所以，我是太始，也是未始，我和自
然同軀，
自然是天地萬物的慈母。
呵，我忘了向您介紹，
這就是東方的大哲莊子，
他不願做楚國的宰相，
卻自稱曳尾龜蜷縮泥污。
愛因斯坦：

啊哈，久仰你的盛名——莊子，
您的雄談我曾拜讀，
的確瑰麗而崔巍。
我想像着理性的宮殿，
你卻造就了悟性的廟柢；
我是塊堅實的科學礎石，
你的玄思卻如彩雲般異綺；
然而，我的方程可以驗證，
而你的高論卻談兵在紙。
莊子閉目片時，
他想起了當年的論敵惠施，
想起他的穎慧和機智，

想起他們的辯答，
宛若郢人利斧的運斤一揮。
莊子睜開了眼睛，語若無羈。

莊子：

是啊，談兵在紙，
可未必是膚淺的毛皮，
也許和天地的精神近在尺咫。
而作繭自縛，
也許終身爲間間小智所累。
以您窮盡一生的浩瀚才智，
人類對您本有更多的希冀。
然而無休止的爭辯，

往往和宇宙的閑閑大智相違。
所以我提出：
六合之外，聖人存而不論；
六合之內，聖人論而不議。
你說到對自然最微末的部分，
竭誠盡慮地尾追；
然而所有人類慧智的機巧，
都飄風發發，可懼可危。

太始：

提到可懼可危，
愛因斯坦，您未曾逆料，
曼哈頓計劃

使廣島、長崎烙上焦土的印記。
反法西斯，您功蓋於世，
您輝煌的名字，
懸在橄欖枝，
隨着和平鴿起飛。
但是好事者，卻提出以暴制暴的質疑。
呵，還是莊子接着展示您心頭的旌旗。

莊子：

當初子貢看到桔槔澆地，
有一位老者卻抱甕而灌，

他以爲機巧正抗拒宇宙的大智，
人類的惡運來臨將或早或遲。
今已不幸而言中，
豈能誣我出語縱恣。
宇宙大不可方，橫無涯際，
人類的所有努力，
不過是蠡測管窺。
任從機巧的猖披，
錦繡的人間將變成荒凉的墓地。

愛因斯坦：

啊，對啊，這一點我和您不期而遇，
雖然同歸，卻是殊途。

我曾說第三次世界大戰，
我未知結果何如；
但我斷言第四次世界大戰，
人類相向，將以石斧。
奧本海默、愛德華·泰勒，還有我，
都爲廣島的遺產內心如煮。
我們懊喪，祈禱寬容的耶穌。
耶穌說：『懲罰無窮的惡德，
有雷霆萬鈞的天怒；
結束法西斯戰爭，
你們所爲，情猶可恕。
只是未來的戰爭，將同掘人類的墳墓，
正義和非正義、善和惡，界綫模糊。
我只希望人類用玉帛替代鼙鼓。』

太始獨白，頗狡頑地說：
這些話，似乎五十年前，
我曾在雲端娓娓與語，
我再聽聽莊子如何析剖。

莊子：
爲什麼人類有了善和惡？
那正是慧智帶來的痛苦。
人類忙忙碌碌，
不知道自身的癡愚。

生命是那樣的可貴，
你們卻棄捐在榛棘的荒塗。
我曾說過大塊勞我以生，息我以
死，
無效的慧智使人生如游魂在釜。
而一切創造，
使人們墜入新的禁錮。
您看鉤餌、魚網、魚籠使游魚逃逸，
鳥網、弓弩、弋箭使飛禽驚怖。
日月在唏噓，山川在嗟吁，四時在
哭訴，
連小蟲、蛾蝶都十分悲楚。

我曾有絕智棄聖的疾呼，
包括你愛因斯坦的創見，
我也看作必除的癰疽。
我要毀掉人間的珠玉，
砸爛世上的璽符；
鑠絕竽瑟的嘈雜，
掃蕩文章的酸腐。
要什麽繩墨？
要什麽規矩？
使離朱雙目被膠，
使師曠雙耳爲堵。
削斷曾生、史鰌的雙腿，

鉗閉楊朱、墨翟的話語，
這才是大巧若拙，
返真歸樸。
愛因斯坦微有愠色，
叼着彎曲的煙斗，吐霧似篆。
與之辯，忽覺自己張口即顯促蹇；
不與之辯，莊子也確實難纏。
愛因斯坦：
您的高論古怪刁鑽，
不過又使我覺得奇音在爨。
您刺人的光芒，
使我目迷心亂；
您刻薄的舌劍，
使我意沈心寒。
不過您說我的創見是必除的癰疽，
您的高論或許也是多餘的癡頑。
科學是懷疑的女兒，
您卻袖手作岸上觀。
我的光量子破繹了光的本源，
我打碎了牛頓的引力說，
揭示質量引起時空的彎環。
我的理論巍然自在，
是上帝使它如此的堅磐。
唉，這一切離您莊子太過遥遠，

宛若彈琴對着牛眠。
您對人類慧智的暴力，
可謂心毒手殘，
使我想起哥白尼、布魯諾的奇冤。
您仇視所有的創造，
莫非想回到茹毛飲血的荒蠻？
您絕智棄聖的理想，
莫非要中世紀的悲劇重演？

莊子：

看您的鬍鬚翹起直上面顴，
蓬鬆的白髮怒衝冠冕。
缺少幽默的人往往如此，

把語言的實質曲解得破碎零亂。
什麼時候您才能知道得意忘言，
得魚而忘筌？
剛才太始說您有統一場論，
顯然您反對支離而渙漫；
怎麼遇到我，
您卻義取而章斷？
我的謬悠之說、荒唐之言，
不過是思想的幃幔；
我的雄辯恣縱不儻，
那恰證明思想的璀璨。
我對萬物關懷愛憐，

鳥獸和蟲豸都受澤在天。
我只想到大道的本源，
那兒只有和諧而没有荒蠻；
那兒有的是落英繽紛，芳草鮮妍，
没有開始仇殺，何處見悲劇重演？
那時候天地的大德，
籠罩浸透着人寰，
質樸無華的生活，
使人們心足意滿。
没有庸愚，何來哲賢？
忘卻煩惱，豈有辛酸？
没有路航，怎用上舟船？

鄰國相望，相聞以鷄犬。
看天邊落霞的斑斕，
看秋水遥接着蒼天。
赫胥氏仁慈而厚寬，
他跣足而行，没有玉飾金鏤的車輦。
他的臣民含哺鼓腹，自由自在，
和草木鳥獸一般：
自然而生，自然而死，
化育繁衍，一似潺湲的逝川。
講信修睦，勝過任何法典；
天下爲公，没有私欲彌漫。

愛因斯坦，您談的確實距我遥遠；
而我談的，您也同樣作岸上觀。
至于宇宙，我只知它合則成體，散
則成始，
大道就是它的本源。
若問我大道的形跡，
就像您對上帝描述亦難。
上古的時候有位真人老龍吉，
天下悟道的人都拜在他的門前。
然而他從來不談經論道，
談出來不及『道』的萬分之一，不免
赧顏。
他懷抱着這萬之一的『道』，深藏而
歿，
後來的人都深信『道』不可言。
您談到上帝，萬之一恐怕已是上
限，
而您所談的宇宙，
只是您身觀的天，
還有那天外的天，
天外的天的天外天，
這終極越來越使您走入怪圈。
便說這位太始，
他又叫作無始，

那麽還有無無始，
還有無『無無始』。
我的辯答對手惠施，
他的懸河之口舛駁善煽。
然而至大無外、至小無內，
卻是他五車書著中的上選。
您也承認自己畢生所爲，
只證明了上帝的完滿。
您在理的此岸，
我在悟的彼岸；
您寫着上帝的韵文，
我寫着大道的詩篇。

這上帝和大道，隔膜而又關聯，
辯說起來誰操勝算？
不過我們心靈中有一個不同的天，
我站立在宇宙的中樞，窮盡變幻。
『齊一』是萬物和諧渾一的真面，
可能您以爲是我持論的陋讕。
但它使我不在是非、大小、善惡中
盤桓，
而您卻對苦難的探索如此迷戀。
愛因斯坦：
如果宇宙的探討如此輕便，
我們便見不到天地規律的美奐。

亞里士多德對天體的判斷，
雖然錯誤，卻是天才的基奠。
從畢達哥拉斯到開普勒，
終於發現行星和諧的運轉。
我的廣義相對論，
正是在這兒回歸那優雅的古典。
我也許會永遠對求證無限迷戀，
宛如希臘的神祇西西弗，
背着沈重的石頭走向山巔。
一次次地滾落山腳，
又一次次地奮勇向前。
宇宙太始的成因，
我們依稀可辨。
我們已追溯到一百億年之前，
而我們測定的距離也有了一百億
光年。
我們不像尼采，
說『上帝死了』那樣狂悖雄侃。
我們每探進一步，
對上帝卻更加敬畏和誠虔。

太始：

你們測定我的成因，
一定非常得困艱。
一百億光年，

的

的確費盡你們的望眼。
但你們大爆炸的膨脹學說，
使你們踏上更癡迷的危棧。
你們說宇宙極早期，
溫度達到一百億度的邊沿。
太平洋的沸騰，
也只需這樣溫度的一枚針尖。
儀器尚有待制研。
據我看，你們測定這樣的溫度，
那我問您莊子剛才的問題，
那無始、無無始是一片怎樣的天？
呵，呵，那兒根本就沒有天。
不過，依我看來，
您和莊子的此岸、彼岸，
也許在二十一世紀會面，
你們兩人慧智的總和，
或許更臻完善。

愛因斯坦：
呵，呵，我欣賞您卓爾的高見，
對我和莊子如此諄諄地忠諫。
我很奇怪，您手中捧的瓦盆，
莫非這其中有解索問題的神仙？

太始：
哈，這一點您又和莊子分道策鞍，

您雖然在科學上破霧飛摶，
而生活中卻不能抗禦女色的嬌妍。
是不是有一封給克格勃美人的信
件，
盡訴您無盡的纏綿？
愛因斯坦略有羞慚，喟然長嘆：
也許您看到這私隱真堪譏訕，
但我爲了她，也曾熱淚潸潸。
呵，呵，還是讓我探詢這瓦盆的淵
源。
太始：
這是莊子的樂器，

它的聲調充滿真情和浪漫。
開普勒講天體宛若六聲部的和弦，
而莊子鼓盆而歌卻真是天外的鈴
鑾。
愛因斯坦：
我們的辯說不會疲倦，
但音樂卻是我年輕時的所擅，
何期科學拉走了我，
使藝術的追逐含苞未綻。
請，我願一聞先生樂聲的婉轉。
清風徐來，百鳥連翩。
缶聲迴旋，莊子放聲而歌：

卿且去，莫蹀躞；
我擊缶，從此別。
這樂聲啊，
恰似清風浩浩出孔穴，
飄忽長空共飛雪。
情何逸，
浮雲靉靆迎貞魄，
皓月晶瑩導芳跡，
銀潢迢遙映遠客。
卿應見，
螢光茂草滿山坡，
便勝似華表千尋寂寞立。

念我莊周啊，
欣平生，
無愧惑；
期警世，
諤諤說。
微茫得失枯心血。
這人生，窮年積瘁倒懸立，
只爲了馳騖一時名，
忍逐它肥馬似電掣。
結褵日，破屐著青衫；
長歸日，瓦缶祭粗食。
既已知死去無長恨，

豈悵觸向隅留哀泣。
　莫期許，
　千秋茫茫未能測。
　或經秋，夢裏偶相逢，
　看悠然飲風餐露雙飛蝶，
　你與我，永相結。
愛因斯坦沈醉，莊子寂然。
雲絲霧影，麾氅如烟。
風聲，遠遠的輕雷，
麾氅來自昊天。
太始：
　剛才您何處去，
　您似在九天外沈浮。
　您曾著有名篇《逍遥遊》，
　從北冥到南冥的鯤鵬，
　扶摇而上九萬里，其意悠悠。
　而您剛才所遊，印象何如？
　是否没有了歡愛和恩仇？
　没有了風疾和雨驟？
　世人玩空寂滅，奢談有無，
　却永遠在地上彳亍行走。
　只有您的言説，
　博大而贍周，
　所以我請您乘上

太空游弋的幻舟。
您當然不知道印度大哲釋迦牟尼，
佛教流布中土，
還在您三百年之後。
他説那兒不生不滅，不增不減，不
淨不垢，
這境界與您不期而遘。
莊子：
呵，剛才我知道自己的幻想，
不過與自然跡遇而神侔。
只有這次的遠行，
使我有了真正的感受。

無觸覺，何用手？
無聲調，何用口？
老子説：『有，名爲萬物之母；
無，名爲天地之始。』
還没有始，那何來莊周？
没有我，又何來歡樂與憂愁？
太始：
釋迦牟尼又曾説六根不净：
眼、耳、鼻、舌、身、意，
是修行時塵俗附身的仇寇；
而您也在《列禦寇》中稱凶德有
五：

心、耳、眼、舌、鼻，
是遏阻坐忘得道的禍首。
你們兩位大哲真可友可儔！
佛家的空明寂照，
和您的攖寧之境，
可謂異曲而同奏。
佛家『無心』意在破執，
您的『齊物』意在無偶，
你們都是抽釘拔楔的高手。
佛家的『道個佛字，拖泥帶水；
道個禪字，滿面慚羞』，
和您描述老龍吉的不言『道』，
又在冥冥之中邂逅。
佛教在中土的法幢高樹，
原來有您的鋪墊未雨綢繆。

莊子：
其實『坐忘』的目的是『齊物』，
『齊物』就是物我滲透。
『吾喪我』是我的無上語咒，
——我失去了我自己，
我和萬物齊一，
不再有物我、是非和善惡的對偶。
剛才這位愛因斯坦，
看來還在物我之間煩憂。

太始：

愛因斯坦辨析不倦，
他的邏輯經受了實證的詳考；
但他不知道詩意的裁判，
才真正接近您說的大道，
他的上帝也才會微笑。
您進一步說『道法自然』，
這自然，無窮極的深奧。
達爾文的《物種起源》，
以爲找到揭秘的要竅，
然而天體物理學家約翰·格里賓

說：

『創世紀時的起因，
恐怕還是上帝的榮耀。』
對造物的神奇，
愛因斯坦謙遜地承認：
『虛心地嘗試理解，
使我神思邈邈。』
莊子，您的『本根』之說，
具有詩人的敏妙。
『昏然若亡而存，
油然不形而神，
萬物畜而不知』，
這便是無始無終的大造。

您以爲天下沈濁，
何須用端莊的言詞對待不肖。
於是請來蟣蠓和井蛙，
鼹鼠和鷦鷯；
請來櫟樹和大椿，
怪鵲和斑豹。
偉岸的雄談，
化作諧謔的調誚。
您談天地的化育，
白鶂相視，眸子不運而風化，
達爾文聽了一定大牙爲掉。
不過達爾文的理論，

正引來無數的奚謿。
無生命的元素化爲生命，
需要二十種氨基酸，
誰給它們極精密的排號？
而一套複雜的遺傳密碼，
又從何處弄到？
科技知識的暴增告訴我們，
生命和無生命相隔遥杳。
路易·巴斯德證明，
科學的鐵證不可動摇。
其實達爾文自己曾說：
『如果眼睛是進化而來，

那簡直是荒誕和糟糕。』
追索自然和宇宙的終極，
越來越顯得飄渺。
克隆人的妖風正在嘹噪，
那是對造物的無恥竊剽。
那位想復製人的醫生，
他無法創造生命，甚至一個細胞。
他只對自然法則破壞和混淆，
這不是智慧，只是胡攪。
馬赫的『感覺一元論』舉綱挈要，
六合之外的形而上學，
他都以爲多餘而又無聊。

他被責爲給耶穌一個猶大的吻，
而耶穌可能接受他的祈禱。
他和您真是貌合而神交！

莊子：
我不知道馬赫的深旨大義，
顯然他有着不同鄙俗的頭腦。
我只是强調人的物化，
回歸大自然的懷抱。
老龍吉的故事正表明，
您所說的形而上學的逃夭。
罔兩和影子，都可感覺，
他們的對話，非人所料。

辯

我夢中的蝴蝶，也和萬物一樣，
只是虛幻而非實貌。
一切都是自生，一切都是順應，
談不上哲理的高蹈。
我不像老子，
總在未始、太始處纏繞。
自然和社會處于『天和』的境界，
那麽是非和它們的循環便都勾銷。
更不見是非的辯析，
那是人類小智的招搖。
宇宙本身恬然自化，
和諧的天理萬古昭昭。

您曾提到牛頓和愛因斯坦，
將來必有指向相對論的聲討。
『彼亦一是非，此亦一是非』，
是耶非耶，本來如此，
很難一論既出，天下了了。
而人類是非觀的變本加厲，
卻磨快了一把萬古殺人刀。
人類的仇殺從來沒有終止，
樹起過一塊塊豐碑，
拉倒過一座座石雕。
閃爍着的這些皇冠和金寶，
最后被兵燹烈焰照天焚燒。

偉烈豐功竟如何？
是和非已改變了先前的坐標。
在我看來，任什麼秦楚爭霸，
都宛如蝸角蠻觸般猙獠。
人類帶上自鑄的鐐銬，
宛若地獄裏的鬼魈。
太始你看，啊啊，這般烈焰熊熊，
這般濃煙似濤。

太始：
光的速度使紐約的影象可辨，
摩天大樓輝煌璀璨，智拂雲天，
兩架波音飛機使它傾刻罹難。

這真是老子所説的『慧智出，有大僞』，
恐怖活動陰險僞詐，確是巨奸。
這是與非又由誰來定案？
莊子，您的『齊一』説對此作何論辯？

莊子：
啊，這濃煙烈焰映徹了天半，
我想像新的災難已降臨人間。
『齊一』是我對宇宙本根的註詮，
非關二千三百年後的惡和善。
人類自縛作繭，養癰遺患。

這樣的惡魔早該除鏟。
回歸自然的本根，
把『天和』寫入新世的宏篇。
我看這次的魔焰魅火，
將遭受天怒的反彈，
這是善與惡的決戰。
還我清澈的水、碧透的山，
還我親善的人寰，
還我林野的爛漫，
還我天生的淳樸，
還我天真的童年。

太始：

這是美國珍珠港悲劇的重演，
而這次損失慘重無前。
這兩座樓雙臂擎天，
像巍峨的雲端山巒。
全世界的經濟信息庫，
剎那間化爲輕煙。
今天，全美國的人悲痛不眠，
正握緊回擊的鐵拳，
讓恐怖主義膽顫心寒。
這事件向人類提醒，
從群魔溷集的叢山，
正伸出沾滿血腥的毒劍。

莊子，這是否您說的蠻觸之戰？

莊子：

從時間的無始無終，
從空間的無際無涯，
以大觀小，一切事物都小得可憐，
再大的戰爭都如在蝸角輾轉。
然而這星星之火，
足以使人類成爲奉獻給魔鬼的鼎
彝。

濃煙中大樓坍塌，
自由女神擡起悲傷的淚眼。

（作者注：寫此段時為九月十二日，恐怖主義分子脅劫民航客機撞毁美國世貿大厦之次日。）

第三章　自然·生死

太始和莊子的麾氅，
在茫茫太空疾馳。
有時散而爲虛，無跡無影；
有時聚而爲物，有感有知。
莊子的本性隨遇而安，
没有太多的疑惑和驚悖。
莊子：
太始，我跟隨着您，
原來就是跟隨我敬仰的大宗師。
無窮極的天宇，和諧而渾一，
這渾一超越了形骸，
精神插上與天地共在的雙翅。
連生和死這人生的大限，
真人也都不勉不思。
蒼天茫茫，覆蓋着大地的一切；
大地恢恢，承托着生命的葳蕤。
萬物的凋零和衰亡，
它們的萌芽和生長，
宛如來去，都是自然的步履，
不包含欣喜，也不包含艱危。
有一位悟道的孟孫才，
他母親的大去，没有使他流淚，

他知道離開了精神的形骸，
已化入其它的物類。
這軀體已非他慈愛的母親，
母親何在？

啊，她正如夢中的鳥雀飛向長天，
歡躍的魚群游向深池。
大宗師，您引導自然而然的推移，
寂寥虛空正是渾一的大智。
天地是一座無與倫比的熔爐，
而大造是鑄煉的有司。
死之去，那是順應；
生之來，那是適時。
順變而安遇，使您有從容的行止。
不會像熔爐中的惡金，
躍然而起，欲爲良劍莫邪般愚癡。
哀樂既不可入您的身心，
這就是解懸悟道的深旨。
啊，太始，您是貫通天人的大宗師，
您不囿於形名象數的小知，
不限於是非彼此的辛累，
不患於吉凶得失的形勢。
您是忘卻悅生惡死的真人，
您的襟懷廣大無際。
忘取捨，忘成虧，忘譽毀，

那也同時把險阻、危厄扔棄。
啊，太始，您天光内照，氣斂心虛，
内充着真知，深藏着天機。
其實我的『齊生死』之說，
正是呈明天不與人爲偶的説詞。
卓然獨立，坐忘生死，
和您提到的釋迦牟尼『不生不滅』，
一樣的形忘神馳。

太始：

釋迦牟尼看到人生的苦難，
點燃人們内心孤明的慧智。
他的『般若』使六道衆生，

與無邊的苦海遠離；
他的『涅槃』是超越生死，
而您的闡釋回歸宇宙的本真，
生不足戀，死不足悲，是自然的心志。
衆生平等固然是佛的恩慈，
而您萬物齊一，則是蒼茫的天意，
這其中的差異似乎不分軒輊，
而實在您和我有更近的貌儀。
莊子，我願您更一聽高鼻深目的人，
如何展示生死的真諦。

看，這位海德格爾，
他是德國的先知，
他的名著《存在與時間》西歐披靡，
您與他在八表之外相遇而不期。
太始與莊子隱形，麾氅消逝。
海德格爾低頭沈思，仰觀天宇，
他的獨白深邃而神奇。

海德格爾：

有人說我的學說聱牙詰屈，
不知道我爲了明白說清，
花掉我多少霜晨雨夕。
我的著述直指人生本體，
提示人類的真實存在，
不惜與基督教神學決裂。
我崇拜蘇格拉底面對死亡，
堅持正義，死不足惜。
人們不停地討論生死，
其實生時已預留了墓穴。
生不過是途徑，向死之生，
——這乃是人生的鐵律。
這悲劇性的人生無法避易。
常人都迴避死亡的真相，
而『真人』卻清楚這本體論事實。
擁有了死亡意識的生存，

辟

只屬於生存的勇士；
而直面死亡的人，
自由才是他的本色。
陀思妥耶夫斯基永遠沈淪於恐怖，
他的臨刑體驗，成爲永不可解的死
結。

而我卻號召人們『放棄自己本身』，
這決非生命的閑擲，
這是尼采『超人』學說的本質。
清風和煦，蒼天似碧。
太始和莊子的麾氅飄逸。
太始：

海德格爾大哲，
您的心聲和自白，
我在遥空恭聽屏息。
您的著述浩繁博大，
您的思慮深不可測。
您闡述人的存在本非理性，
情緒和體驗令人怵惕。
您以爲常人的畏懼、煩惱、恐怖、死
亡，
掩蓋着生存和死亡的本色。
您的名言『放棄自己本身』，
激發人們絶對自由和設計的品節。

這生命的悲劇性，
在您那兒化爲直面死亡的模式。
您主張積極的『向死而生』，
而不是知道死之不可逃避，
走向荒謬的歧途，沈湎縱欲的聲色。
您的：常人——真人；
尼采的：動物——超人；
弗洛伊德的：伊德——超我，
有着學理上同樣的魂魄。

海德格爾：
您面如冠玉，眼流星輝，
而您是這般的孩提，
卻有如此的真知和卓識。
世人對我的隔膜和誤解，
在您這兒都雪融而冰釋。
呵，您是常人還是真人？
使我不解而懸疑。
呵，這位顯然是東方的詩伯，
我看您儀表散澹，悠然鵠立，
使我想起東方的神人太乙。

莊子：
我是宋國蒙地漆園的小吏莊周，
不過可以和您談經而奪席。

您對生死的高論，
也可以稱得上深邃而剴切。
不過若論圓融，
則有自身的欠缺。

海德格爾：
這真是我平生的大幸，
我虔誠地閱讀過，
釋迦、老子和您周瞻玄妙的典籍。
我同樣不喜歡過分地直陳，
那會在我的學理中沈溺；
我喜愛隱喻的手法，
正和您的雄文一樣張歙。
我愛談的話題——無，
正是老聃和釋迦的遺澤。

莊子：
我的命題『吾喪我』，
和您的『放棄自己本身』，
完全是南轅而北轍。
我的『真人』和您的『真人』，
亦如生人在陌。
我是站在寥廓的天宇，
您卻把天才自縛於社會人生的局
窄。
生死是我多次論述的主題，

『不知所以生，不知所以死』，
乃是真人的化跡。
順應自然，稍縱不居，
死亡便回歸了天地的大宅。
生死是造物的齊一，
到達寧寂的虛空之境，
是我擺脱塵囂的要訣。
我把人生當作一個夢境，
於是我心境豁然，未感蹙迫。
而愚者自以爲覺，
往往墜入魘魔。

太始示以眼神，莊子語噎。
海德格爾似有愠色。

太始：
海德格爾大哲，
當年納粹崇拜尼采、華格納，
非關哲人、藝術家的人格。
您其實没有陷落魔潭，
不過已近深淵的陂隰。
這與您偉岸的理性無關，
還是先請莊子展示他的煒燁。

莊子：
我相信您過分的我執，
使您産生東閃和西失。

這兒看出『放棄自己本身』，
不過是『向死而生』的決策。
我願告訴您一件趣事，
可以抵上您等身的書帙。
我遊楚國時見到一個骷髏，
帶回去放在我的枕側。
他托一夢告訴我，
他死之後，以天地作爲春秋，
像南面稱王一般的歡悦。
他得以離形去智，
真是一種永恒的快樂和休息。
我一想起這個夢境，

人世的譎詐辟易，
世俗的功利止涉，
我的靈魂與天地萬物無封無塞。
我的快樂宛如濠梁的游魚，
好似夢中的蝴蝶。
海德格爾，
談生死您已是登峰造極，
可是天地精神您依舊難入。

海格德爾自白：
這莊周的辯詞的確深刻，
他使我口啞而舌結。
倘使和他一樣大家去作夢，

人生還不是長夜般漆黑？
不過他是來自農業的時代，
叫他體會兩次大戰後人們的心理，
恐怕真如嶂遥而雲隔。
還是讓他老人家自尋歡愜。
太始：
我看出您和莊子的理念，
無法在交談中珠聯璧合。
誰能化解這二千三百年的阻厄？
別矣！孤獨而苦痛的大哲。
海德格爾低頭沈思遠去，
太始和莊子的麾氅飛向遠方。

天邊暮靄沈沈，漸入夜色。
太始：
我請您與海德格爾相晤，
您的論述天然而去飾雕；
而海德格爾的痛苦沈思，
也鈎稽玄微，妙入纖毫。
他的理念與孔子齟齬，
孔子不喜歡在空談中弄潮。
他說『不知生，焉知死』，
現實人生的合理是他遵循的大道。
看，我們已近曲阜，
跨過去便是泰山的雲濤。

那蒼勁的古柏經歷二千年的風
霜，
但它的年齡比您還少小。
中國人有着堅强意志，不屈不撓，
經過十八盤的攀登，
光明頂上雲靄莽浩。
您是楚文化的代表，
自然，是您博大的懷抱；
孔子是魯文化的代表，
『克己復禮』是他不渝的持操。
因爲您的智慧與天地渾一，
回歸古典往往以您爲高標。

喂，您再往前看，
那姑射山上的神人餐霞飲露，
而皓髮朱顔，神若垂髫。
看哪，木蘭在山岡上吐芳，
秋菊在幽谷中清雅無嬌；
杜蘅亭亭，
芳芷裊裊；
清泉宛似碧玉的流瀉，
霞影在天外何等的妖嬈。
白鶴蒼凉的嘹唳，
唤醒了岸汀溪側的鵁鶄。
您説的天地大美，

這還僅僅是一鱗半爪。
再前行，我們去看三千大千世界的
中心，
那兒有須彌山上摩蒼寮：
萬仞崇嶺，千尋絕壁，
青黛的山色，直連天表；
仰首看不見雲中的山巔，
俯瞰有深潭的不測和清流的遞
迢；
巨大無朋的寶石，光潔而純皎，
瀑布則歷經萬疊山巖，谷移水繞；
星辰似乎離它很近，不分昏曉，

太陽只是遠方的一點螢火，
月亮則逃向太空的杳邈。
自然，偉大的和諧秩序，
這大美無法用文字述描。
這兒寧靜，萬類有辰星的光照；
這兒温馨，芳草正茁壯地吐苗。
在您見到那個魔鬼之前，
我讓您在儒、道、佛的大山中逍遥。
免得您遇到他，
由於厭惡而無謂爭吵。
中國文藝長河漫長而浩淼，
這其間您的高論雄談，

宛若空谷的妙音幽寂深奧。
它像一支不滅的蠟炬，
是永夜中瑩瑩的光照。
屈原和您同時在人間，
他的楚辭是哀惋而深摯的歌嘯。
可惜那時的山川阻隔，
使你們無法把手長聊。
但是我相信屈原倘有您的襟懷，
他的詩歌更會意蘊流轉，氣干蒼寥。
他披蘿帶荔，亮節孤忠，
卻引發了楚王的恚惱。
在汨羅江邊，他的《哀郢》和《悲回風》，
便是楚國徹底敗亡的信號。

莊子：
我雖然没有見過屈原，
但是我們楚人都以他爲驕傲。
我雖然偶爾看到從南方傳來的簡帛書札，
讀到他那不朽的《離騷》。
不過我以爲詩歌雖然可以言志，
但那天地的大美，
卻應該遊於無極，意態飄渺。

若論不失赤子之心，
我更喜歡那曾子曳縱而歌的《商頌》，
那聲滿天地、若出金石才是自然的光韶。
我還曾激賞咸池之樂，
倘若音樂僅僅使『四時迭起，萬物循生』，
那不免嘈雜而喧囂；
倘若音樂能『奏之以陰陽，燭之以日月』，
那它就可使鬼神守幽而人類靜寂，
它就是接近天地的妙徼。
然而最高的境界是忘情忘我，
『無怠之音』宛若天籟，絕無嘶嘈。
一會兒杳然無蹤，一會兒勃然興起，
它在大自然裏行流散徙，變幻玄妙。
你聽到它覺得心靈湛然，無知無識，
然而你卻正在遊無窮之門，
看八表銀漢杲杲。
以上所談正是我論藝的三境，

由惶恐而平靜而癡愚，
人們的間間小智隱然潛逃。
大宗師——自然，給了我們閑閑大智，

有着未經破壞的淳和之美，
它們純真而無矯飾，
宛似大自然中自生自滅的芳草。
我所以憎恨人間的繪畫和音樂，
因爲它們的僞態使我雙目不明，
它們的節奏使我雙耳聒擾。
我何嘗不喜愛真正的藝術，
然而我看到、聽到的都背離真性，
如鬼魔宵小。
我把人類的心靈稱作『天門』，
那兒應該最接近無何有之鄉，
藝術家應該在那兒追樸問道。
然而世人不知道由於心靈的醜陋，
致使『大聲不入於里耳』，
那一切的真美、大美都會逃夭。
有一個醜人半夜生下兒子，
他急急燃起燭光，
怕這幼兒逼似自己般狰獰。
但是所謂的藝術家，
恐怕很少有這樣的自知之明，

以爲自己的兒子都雋秀而姣好。
藝術家應該『同乎無知』，
如同嬰兒，才會大德昭昭；
藝術家更應『同乎無欲』，
返歸大樸，才會展翅九霄。
天籟便是那不入里耳的大聲，
它存在於遠離人寰的蒼昊。
人間的五音繁會，
直似那蟬蛄般嘹噪。

太始：
啊，莊子，您的言談洞開心竅，
它不啻是我自身的驕傲。

我遵循自然與自然同體，
因此我也關注人間的創造。
然而『創造』二字意焉不確，
因爲大自然中早有更好的形貌。
您所談的三種境界，
使貝多芬聽了也會對您由衷地傾倒。
他已由惶恐復歸平靜，
但離您的『癡愚』——閑閑大智還相隔渺渺。
然而貝多芬已是人間的俊豪，
他不朽的《生命交響樂》，

乃是古典主義的光耀。
啊，您看前面走來的那位，
粗俗、傲慢而又輕佻，
他的名字叫畢加索，
欺世盜名、巧取豪奪自有他的一套。